LA COVRONNE

ENVOYEE PAR LE ROY D'ANGLETERRE A MADAME

sœur du Roy son Espouse, & l'appareil magnifique de son depart.

Par PIERRE D'AVBEROCHE, Marchois.

A PARIS,

Chez IVLIAN IACQVIN, ruë de la Harpe proche l'Arbalestre.

M. DC. XXV.

A
LA ROYNE
D'ANGLETERRE,

Sur son depart.

NEPTVN *a appaisé ses flos,*
Te preparant, grande Princesse,
Dans le calme de son repos,
Vn lieu digne de ta noblesse:
Les ondes vont se debattant,
Et en tortis se departant,
Pour mieux honorer ta venuë:
Les Dieux marins seront heureux
Si tu en peux estre apperceuë,
Si ton œil s'arreste sur eux.

A ij

Tes yeux feront voir soubs les eaux
A tous ceux du seiour humide,
Autant de celestes flambeaux,
Et celuy qui la course guide
Des limonniers portans le iour
En cet agreable seiour
N'osera chez Thetis descendre
De peur qu'il ni soit à mespris,
Ou plustost contraint d'y apprendre,
Que ta lueur ha tout espris.

On tient qu'il y esteint ses feux,
Que Doris attire sa flame,
Les tiens de Neptun, plus heureux
Sans s'esteindre attireront l'ame,
Ton feu esclairant dedans l'eau
Iettera un lustre si beau
Qu'il rendra plus pures les ondes,
Qu'il fera venir deuant toy,
Des poissons les meres fecondes
A qui tu donneras la loy.

Les Naïades à l'enuiron
Aideront la force des hommes,
Qui auront en main l'auiron:
Et des Tritons, que tu consommes
D'vne si agreable ardeur,
Qu'ils souhaittent comme vn bon-heur,
En Angleterre de te suiure.
L'Ocean quoy que furieux,
Tout le monde laissera viure,
Calmé d'vn regard de tes yeux.

Les vents ne seront outrageux,
Voire le doux soufflant zephire
S'estimera par trop heureux,
Obeissant à ton empire,
Et s'il peut toucher tes cheueux
Brillans comme le feu des cieux,
Ton prisonnier il voudra estre:
Pour refroidissant ton ardeur,
En sa chaleur doucement croistre,
Baisant de ta face l'honneur.

A iij

Les vagues n'osent se pousser,
En attendant ton arriuée;
Car Thetis te voyant passer,
Ne veut point paroistre ridée.
Les Nymphes qui sont tout aupres,
Contiennent les vents tout expres,
Qui amoureux de leur visage,
Et sommeillant comme en leur sein,
N ont garde d'exciter d'orage
Qui soit contraire à leur dessein.

Ils s'arrestent ainsi tous cois.
(Princesse) sachant ta venuë,
Pour femme, fille, & sœur des Rois
T'ayant desia bien recogneuë;
Leur naturel se changera,
Et plus douce l'on trouuera
Dessus les ondes leur puissance,
Quand d'vn visage gracieux
Tu abbatras leur violence;
Et les rendras moins furieux.

Tu as d'Albion sur le port
Les richesses & l'abondance
Qui n'attendent que ton abord
Pour accomplir leur esperance :
Phœbus retiendra ses cheuaux
Les soulageant de leurs trauaux
En vn lieu, affinque tu puisse,
Ioignant auec le sien ton œil
Deuant que le iour ne perisse,
Faire voir vn double Soleil.

Ou plustost luy ioignant tes yeux
Auecque leur flamme iumelle,
Eclipse le flambeau des cieux
Par vne lumiere plus belle.
Le porteur du iour ne sçauroit,
Si du sentiment il auoit,
Se couurir d'vn plus beau nuage :
Il voudroit n'esclairer iamais,
Ou esclairant à ton visage,
Te voir sans cesse desormais.

La terre parée de fleurs
Pour s'esiouïr à ta presence
Y aura marque les honneurs
Deus à ta royale naissance.
Toutes les plus grandes beautez
Coniointes aux diuinitez,
Te receuant, feront hommage
A ta supreme Majesté:
Et reuereront ton visage
Tout autant que ta dignité.

Ton mary viendra au deuant,
Comme Iupin deuant sa fume,
De ton amour le sacre vent
Faisant tousiours croistre sa flame.
Il sera beau comme un Soleil,
Toy comme un astre tout pareil.
Les roses naistront à sa veuë,
Les oeillets croistront souz tes pas,
Les elements à ta venuë
Quitteront leurs anciens debas.

Ton

Ton Isle aimera le François,
Le François aymera ton Isle.
Tu seras le lien de deux Rois,
Pour rendre leur sceptre tranquille.
L'Anglois regardant tes beaux yeux,
Prendra la France pour des cieux,
Qui produisent de beaux planettes:
Les François remarquant ton Roy
Plus beau que les astres cœlestes,
Croiront qu'il a son ciel en toy.

Va donc marier ces peïs
(Grande Royne) d'vne alliance
Qui rende nos Rois obeïs
De toute autre humaine puissance,
Puisse-tu bien tost enfanter
Vn fils qui doiue vn iour porter
Le diademe de son pere:
Vne fille qui a son tour
Esgale en beauté, à sa mere,
Esclaire ce mortel sejour.

L'Angleterre te receuant
Te reçoiue comme Princeſſe
Du ſang qui a heu le deuant,
Et l'ha ſur toute autre nobleſſe.
Les Cieux fauoriſent tes veux,
Et ton mary plus benin qu'eux
Ne departe aucune influence
De ſes faueurs ſans faire voir
Que ſur ſa Royale puiſſance,
L'amour te donne tout pouuoir.

COVRONNE
ENVOYEE
A LA ROYNE
D'ANGLETERRE PAR
LE ROY SON ESPOVX.

Clair soleil de mes iours, amorce de ma flame
Astre du tout diuin, qui rauiués mon ame,
Mon amour & mon iour, mon souuerain bonheur,
Rare esprit des esprits le plus parfaict modele,
Tiré sur le patron de l'idée plus belle,
Auec cette couronne encor prenéz mon cœur.

Si le maistre artisan eut sceu sa main conduire
Apres le beau dessein, que ie voulois produire
Suiuant le beau project des plus rares esprits,
Cette couronne icy richement façonnée
De nos cœurs enlacez se verroit fleuronnée
Au lieu de diamants & de perles de prix.

Au lieu du bel esclat d'vne escarboucle Indoise.
Ou du lustre plaisant d'vne gaye turquoise,
Au lieu d'vne esmeraude, ou d'vn brillant saphir,
Nos vouloirs, nos desirs, nos plus sainctes pensees
En leur lustre plus beau y seroient enchassees,
Pieces que i'aymerois plus que tout l'or d'Ophir.

Dans ce rond cõpassé nous aurions fait pourtraire
La vertu surmontant le vice son contraire,
L'honneur auroit son siege au fleuron le plus haut,
Les trois iumelles sœurs main à main enlacées,

Seroient tout à l'entour artiftement tracées,
Mais ou l'efprit paruient, fouuent la main deffaut.

    Auffi doit on iuger que iamais voftre tefte
Ne trouuera couronne efgalement parfaicte:
La terre ne peut rien d'affez digne porter.
O! combien volontiers comme fift Promethée
Ie voudrois que ma main deffus les cieux montée
Peut de quelque grand Dieu la couróne emporter!

    Larcin trois fois heureux, à qui Iupiter mefme
Quitteroit volontiers fon Royal diadefme,
O proiects tous diuins! ô deffeins glorieux !
Mais que pourroit-ó craindre en fi fainte entreprife,
Quand bien on periroit auant l'auoir conquife,
Eft-ce pas bien mourir, que mourir dans les cieux?

    Seulement crains-je encor, que la riche couronne,
De laquelle Iupin fon beau chef enuironne
Ne fçauroit dignement honorer voftre front,
Il faudroit que du ciel les richeffes plus belles
Par la main d'vn efprit des voutes eternelles
Fuffent diuinement enclofes en ce rond.

    Car la vertu voulant fe faire voir en place
Sur ce front yuoirin plus poly que la glace,
Se monftre releuée en fon haut appareil.
Penfez donc s'il fe peut trouuer couronne aucune,
Qui ne foit & d'eftoffe & d'art par trop commune,
Ou le front eft vn ciel, & la vertu Soleil.

    Puis dóc que dans le ciel, dans la mer, dans la terre
Rien d'affez precieux la nature n'enferre
Qui puiffe dignement voftre chef couronner;
Si ma main a failly de trop d'amour pouffee
Vous offrant celle cy affez mal agencée,
La faute eftant d'amour, il la faut pardonner.

        F I N.

A MONSEIGNEVR LE DVC DE BOQVINGAM.

Sur le depart de MADAME, Sœur du Roy, Royne d'Angleterre.

DVc sur qui les rais du Soleil
Ont vne couleur plus vermeille,
Sur qui il pointe son bel œil
Pour voir des Heros la merueille,
Conduisant l'espouse du Roy,
Qui donne à l'Ocean la loy,
Pren garde que sur son Empire,
Neptun n'arreste le vaisseau,
Qui porte vn visage si beau,
Et de ton port ne le retire.

C'est bien vne fille de Roy
Que tu menes en Angleterre;
Mais les Dieux sont tous en esmoy,
Qu'elle demeure sur la terre.
Les astres ni demeurent pas,
Et tu vois qu'elle luit ça bas:
Il est vray qu'elle pourra faire
Que l'Angleterre soit vn Ciel,
Que comme Lune elle l'esclaire,
Et le Roy comme son Soleil.

Borée peut-estre amoureux
D'vne beauté si nompareille
Sera sur la mer orageux;
Ou le Triton pour Neptun veille
De ton Roy enuiant l'honneur;
Ou Iupin voulant ce bon-heur
Va souspirant apres la grace
De cette fille, & la beauté
Qui en toute l'humaine race
N'admet aucune esgalité.

Si le Soleil durant son cours,
Contemple sa royalle face,
Regarde soudain que des iours
Les limonniers quittent leur trace:
Que du ciel le porte-flambeau
Cognoissant vn obiect si beau,
Faict d'vn iour de longues années,
Dardant les rais dedans son sein,
Dedans ses robes saffranées,
Et n'aiant plus autre dessein.

On ne pouuoit vn tel thresor
Plus precieux que mille mondes,
Que tous leurs rubis & leur or,
Que les yeux des machines rondes,
Commettre à vn autre seigneur,
Qu'à celuy qui a le bon heur,
De tousiours à son Prince plaire,
Que la vertu a rendu tel,
Qu'vn chacun tasche de le faire
Par son los vn Dieu immortel,

AVX ONDES.

Ondes qui porterez Madame,
Gardez que l'esclat de ses yeux
Soudain vostre element n'enflame,
Ou que vous n'esteigniez ses feux.
Esteindre ses feux c'est vn crime,
Brusler c'est vn sort mal-heureux,
Que vostre humeur ce feu anime
Vostre sort sera glorieux.

FIN.